La Leyenda Del Aguacate

Escrito por Juan Roberto Bulnes

Suscríbete a nuestro YouTube y TikTok @LasLeyendasDeMesoamerica

www.bulnes.net

Dedicado a todos mis pequeños fans.

El secreto de los sueños es despertar.

Había dos amigos, llamados Chamani y Atzin. Eran dos jóvenes con gran curiosidad para explorar más allá de la selva.

Caminaron seis días y noches cuando empezaron a escuchar a lo lejos algo raro. En ese momento sintieron un gran terror, pero su curiosidad era mayor.

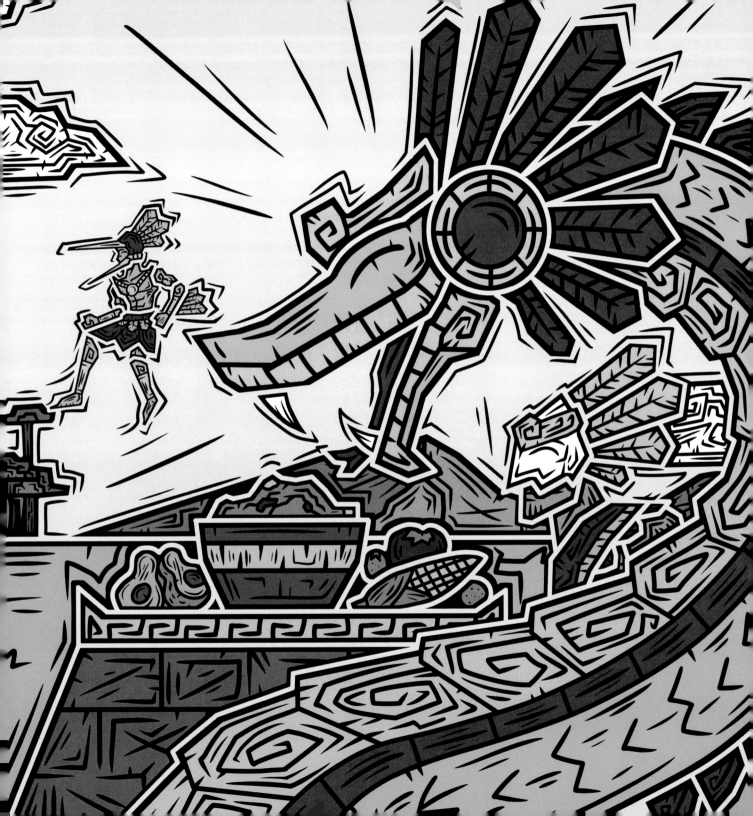

Una vez sentados en la mesa, vieron una fruta con interior verde que les llamó la atención y un puré hecho de ella. Chamani les preguntó a los dioses qué era.

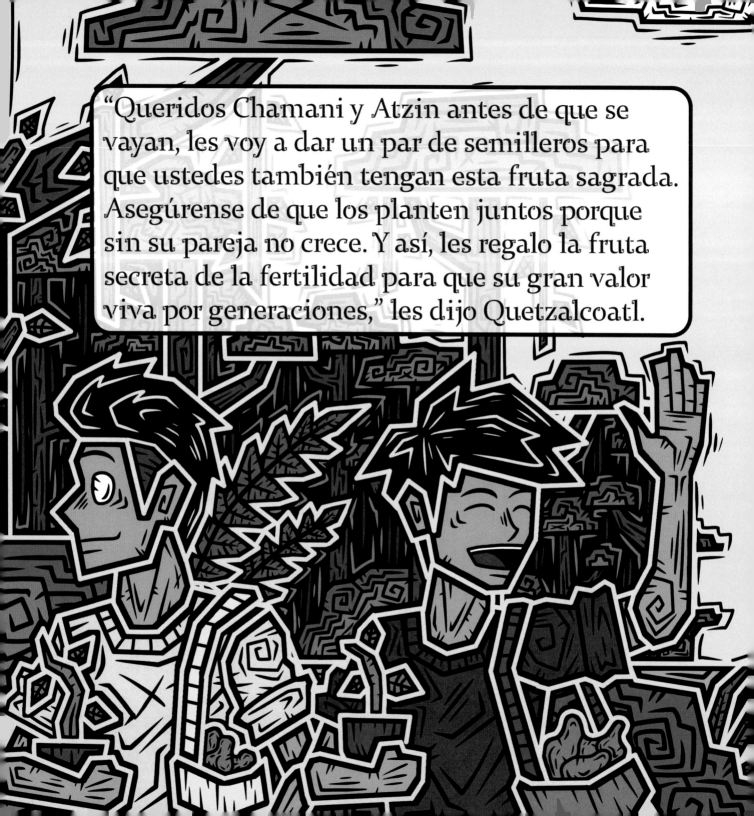

"Queridos Chamani y Atzin antes de que se vayan, les voy a dar un par de semilleros para que ustedes también tengan esta fruta sagrada. Asegúrense de que los planten juntos porque sin su pareja no crece. Y así, les regalo la fruta secreta de la fertilidad para que su gran valor viva por generaciones," les dijo Quetzalcoatl.

Made in the USA
Las Vegas, NV
03 October 2024

96253548R00024